LES COP

L

TRUC QUI
BRILLE

MW01105229

Larry Dane Brimner • Illustrations de Christine Tripp
Texte français d'Hélène Pilotto

Éditions
SCHOLASTIC

À Doug et à Jackie
— L.D.B.

À mon petit-fils Brandon
— C.T.

Catalogage avant publication de la
Bibliothèque nationale du Canada

Brimner, Larry Dane
Le truc qui brille / Larry Dane Brimner;
illustrations de Christine Tripp;
texte français d'Hélène Pilotto.

(Les Copains du coin)
Traduction de : The Sparkle Thing.
Pour enfants de 4 à 8 ans.
ISBN 0-439-96269-2

I. Tripp, Christine II. Pilotto, Hélène III. Titre.
IV. Collection : Brimner, Larry Dane. Copains du coin.

PZ23.B7595Tr 2004   j813'.54   C2004-902787-5

Édition publiée par les Éditions Scholastic, 175 Hillmount Road, Markham (Ontario) L6C 1Z7.

5 4 3 2 1   Imprimé au Canada   04 05 06 07

Un livre sur

l'honnêteté

Gaby ne se lasse pas de regarder
le truc qui brille. Il projette
de petits arcs-en-ciel sur
le sol et les murs.

4

— S'il te plaît, Gabriella,
donne-moi un coup de main,
lui dit sa grand-mère.

— Désolée, *abuela*, répond Gaby.

Elle a presque oublié qu'elle se trouve à l'épicerie *Les deux sœurs*.

Gaby emboîte le pas à sa grand-mère. Elle s'arrête une dernière fois pour regarder le truc qui brille et ses jolis arcs-en-ciel.

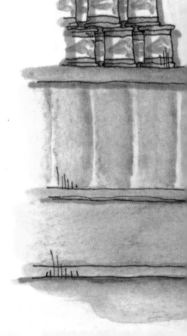

9

Plus tard, ce jour-là, les Copains du coin
se retrouvent chez Gaby. C'est ainsi
que se surnomment les trois amis.
Gaby montre le truc qui brille
à ses amis.

— Wow! s'exclame JP.

— Où as-tu trouvé ça? demande Alex.

Gaby est mal à l'aise. La question
d'Alex la gêne. Au même moment,
sa grand-mère entre dans la pièce.

Gaby glisse le truc qui
brille dans sa poche et
ne répond pas.

— Quelqu'un veut du gâteau au chocolat? demande la grand-mère de Gaby.

— Oui, s'il vous plaît, répond JP.

— Miam! dit Alex.

— Gabriella, aide-moi à servir, veux-tu?

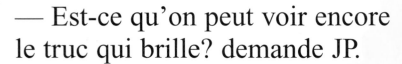

— Est-ce qu'on peut voir encore
le truc qui brille? demande JP.

— Quel truc qui brille? demande
la grand-mère de Gaby.

Gaby sort lentement le truc qui brille de sa poche. Elle regarde les arcs-en-ciel au sol. Ils ne sont plus aussi jolis à ses yeux maintenant.

— Je l'ai pris à l'épicerie, murmure la fillette.

— Tu l'as pris sans le payer?
demande sa grand-mère.

Gaby hoche la tête.

— Je suis désolée, *abuela*,
ajoute-t-elle.

23

— Ce n'est pas à moi que tu dois
t'excuser, répond sa grand-mère.

Gaby se mord la lèvre et sent
les larmes lui monter aux yeux.
Elle sait que sa grand-mère a raison.

Gaby sort. JP et Alex la regardent
partir sans rien dire.

À l'épicerie, Gaby s'adresse
à la plus grande des deux sœurs.

— J'ai pris ceci sans le payer,
dit-elle. Je suis désolée.

C'est la chose la plus
difficile qu'elle a eu
à dire de toute
sa vie.

La femme soulève le truc qui brille
et dit :

— Il manquait à bien des gens.

Elle le remet en place, dans la vitrine.

— Voilà! Maintenant, nos arcs-en-ciel
les feront de nouveau sourire.

À cet instant, un arc-en-ciel apparaît sur le plancher. La femme sourit.

Gaby sourit aussi. Elle comprend que le truc qui brille est bien à sa place ici.